超煩少女

比結絲 2

新同學的威脅

作繪　蘇菲・翰恩（Sophy Henn）

譯者　周怡伶

獻給我最 super
的老朋友
喬和莉芙

導讀與推薦

如果說想像力就是超能力，當有一天你具有超能力時，你想要擁有什麼超能力呢？

超煩少女比結絲是一本圖文故事，故事中有各種能力的超級英雄和不同特質的平凡人。當有了超能力，就必須運用超能力來保護世界和宇宙。一般人羨慕著超人擁有超能力，但透過這本書可以讓孩子們思考：自己想具有超能力來拯救地球嗎？像比結絲一樣有沒有什麼生活上的不便？或許會感受到「能力愈強，責任愈大」這句話。故事中精彩的情節可以觸發讀者對於「能力與責任」這件事的想法。

此外，書中有許多不同人物的特寫鏡頭，例如青筋暴怒的皮佛先生，有著怒髮衝冠的髮型，怒火沖天的鼻孔，漲紅的臉和四濺的口水。透過這些畫面可以讓孩子練習人物細節描寫。

想想看，我們如果不靠超能力，也能很 Super，也能拯救公園、保護世界，是不是很 Cool ！趕緊翻開書本，跟著比結絲一起解決問題，讓世界更美好；同時透過閱讀，寫作時讓人物描寫更生動鮮明！

超煩少女，讓你擁有寫作超能力，解決生活煩惱事！

邱怡雯
教育部閱讀推手

作爲超級英雄，超棒！但要做英雄又要做青少女，超煩！

擁有超能力，超棒！但這個超能力卻有點丟臉，超煩！

比結絲跟每位正在經歷「登大人」尷尬期的青少年、少女一樣，明明自顧不暇，還得常常放下手邊做到一半的好事、瑣事、正事或不正經的事，跑去拯救世界？

重點是，大家都不曉得比結絲做出的犧牲，尤其站在傑出的超級英雄家人身邊，她就更不酷了……這種不怎麼酷的情況，還倒楣的蔓延到了她的校園生活，不但交不到朋友，還被學校裡的高光少女們排擠。啊，眞的超煩！

這是獻給身懷各式超能力、但日子卻過得不太順利的年輕讀者們，一本超能寫實鉅作！它告訴我們：成長路上，你並不孤單，生活中所有的問題和壓力，都能靠一個白眼紓解，如果不夠，那就翻兩個吧！然而別忘了，這些煩惱你也能和比結絲一樣，一一克服與度過喔。

許伯琴

「我們家的睡前故事」親子共讀頻道主持人

為你介紹：超級英雄……
我媽
AKA原子女
我爸
AKA
礦石男
討厭的
妹妹
AKA 小紅
小紅龍
汪達
$\frac{1}{2}$狗，$\frac{1}{2}$電話

外婆
外公
光束
火球
火骷姑姑
她真的超——酷
大大大大大大力叔叔
淘氣寶寶
奶奶
我的祕密壞蛋朋友
卡波
暴怒姑姑
喔噢

……還有，正常人
湯姆
蘇西
我以前
學校的
好朋友

校園風雲人物
瑟琳娜
艾德
茉莉
艾茴

1

我的故事，前情提要……

好的……

我現在還是 9 又 $\frac{1}{4}$ 歲，快要 9 歲半了。我是超級英雄，更糟的是，我還是叫做**比結絲**。顯然，我不能改掉這個名字。**翻白眼**

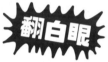

你可能會認為，當個**超級英雄**很酷，不過要是你全家人都是**超級英雄**，那你就不會覺得很酷了。我的意思是，我媽和我爸是最不酷的爸媽。我**外公**和**外婆**人很好，但是要說酷？我倒不認為。

然後，還有……

小紅龍

小紅龍，也就是有史以來最討厭的妹妹，她總是考 100 分，而且她是學生會主席，還是陪讀志工，她會做最完美的蛋糕。基本上，她擅長**每一件事**……**但是**，我會用打嗝音發出 26 個英文字母。所以，誰是真正的贏家呢？

對啦……是她。

如果那樣還不夠糟，告訴你們，我家那隻寵物狗，會把我指使來、指使去。她叫**汪達**。

汪達是從**任務指揮中心**來到我家的。基本上，她會接收訊息，內容是極度機密的**超級英雄**任務，然後她就會指使我們去處理。

＊斜眼一瞥＊

噢，對了，
還有……
其他
鳥事！

超能力很酷，不過我的超能力是全宇宙**最尷尬超能力**。

我必須衝來衝去，拯救地球。而且每次都在**最不剛好**的時候。**唉**。

還有，你知道嗎，我必須一直穿著超蠢的**超級英雄**服裝。

所以，現在你應該懂了吧。當個**超級英雄**，並不像你以為的那麼棒。而且，我**永遠**不能擺脫這個身分……

……眞是 **SUPER** 。

2

神祕的新同學

新穎前衛太空學園

雖然我是個超級英雄，我拯救世界的次數，比我被准許吃冰淇淋的次數還要多，但我還是必須去上學。而且，不是什麼**新穎前衛**的**太空學園**、**超級英雄學校**，有懸浮板、霓虹燈、老師都有**雷射眼**等等。我必須去上正常的學

校，同學都是正常小孩，有正常名字、穿正常衣服。所以，我很「融入」啦。

不過，學校裡並不是每一個人都很正常。像有個同學蘇珊布吉斯，她可以讓自己的大拇指脫臼；還有佛萊迪海耶斯，他午餐可以一口氣吃下 15 盒草莓優格；以及體育課的瓊斯老師，他絕對**不是個正常人！**

而且我覺得，瑟琳娜和**校園風雲人物**也不是完全正常。我的意思是，她們從各方面來看都很正常，也因為**極度**正常而**超級**受歡迎，每個人都想討她們歡心。即使瑟琳娜總是一副臭臉，好像她剛聞到什麼臭味，例如臭彈超人的**極臭炸彈**（瑟琳娜當然不會聞到，因為那都是我在處理的，她根本不用動一根手指頭）。

瑟琳娜擺出一副臭臉時，還能露出非常無聊的樣子。好像她心裡正在想：「唉！**那是什麼臭味啊？真的很噁心，而且真的很無聊。**」

可以擁有這樣的表情，其實我是覺得滿厲害的啦。

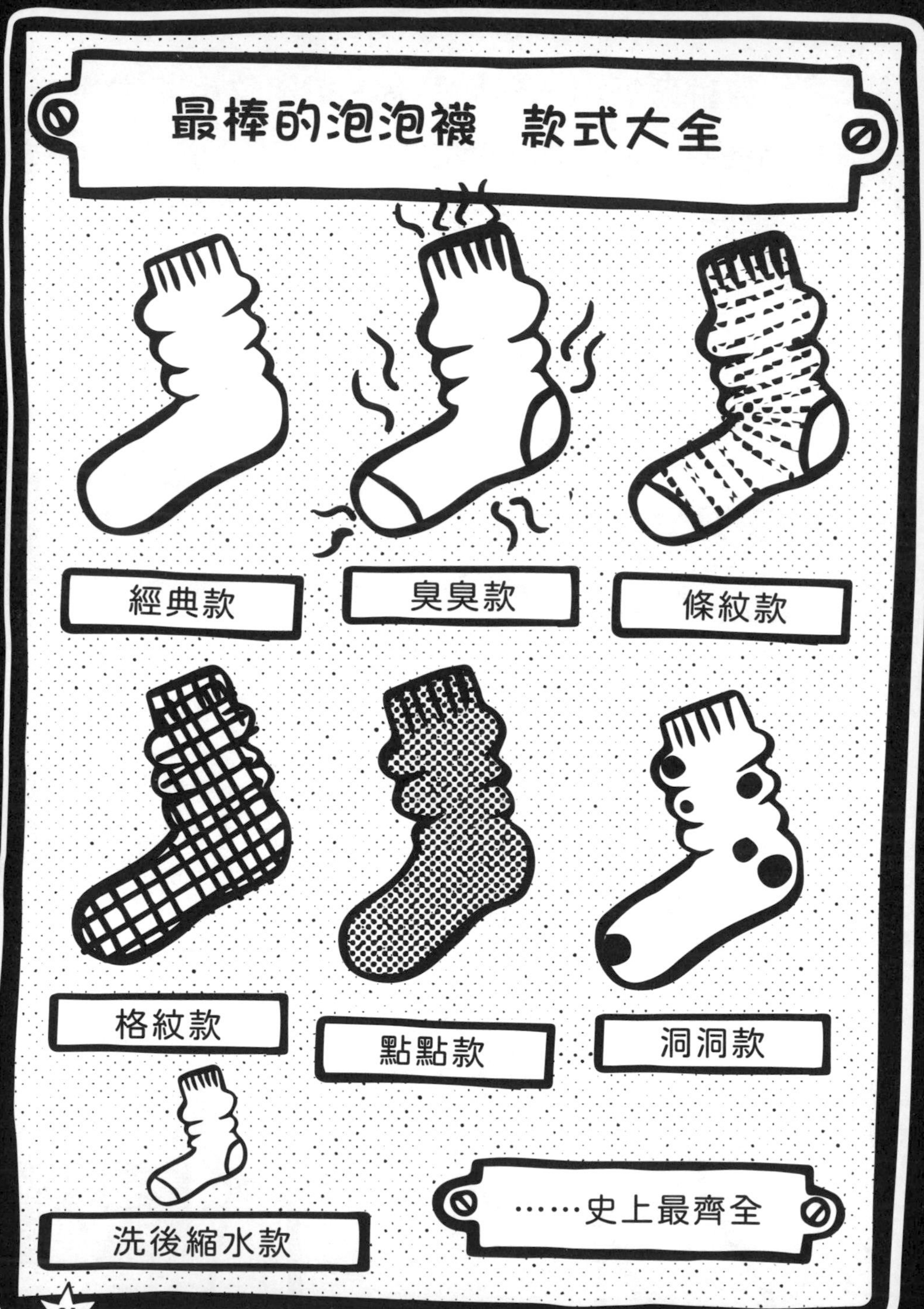
最棒的泡泡襪　款式大全
經典款
臭臭款
條紋款
格紋款
點點款
洞洞款
洗後縮水款
……史上最齊全

艾茴和我都覺得能像瑟琳娜那樣受到歡迎、被崇拜，可以想做什麼就做什麼，而且還擁有**史上最齊全的泡泡襪款式**，實在很棒。如果我們也擁有這一切，我們絕對不可能像她那樣高傲又壞心。你可能會以為，幾乎什麼事都不用做，就很受歡迎的人，應該會是一個快樂又友善的人。但事實並不是如此。瑟琳娜完全沒有為任何人做過任何事，也沒有運用她受歡迎的影響力來做好事。艾茴和我都覺得，如果我們像她一樣超級受歡迎，我們一定會做很多好事。可惜我們不像她那麼受歡迎。

總之，艾茴說了這些，而我完全贊成。

強烈贊成。

總之，自從我用我的超能力（超級尷尬）**爵士手／亮片炫風**，阻止了瑟琳娜的爸爸皮佛先生，不讓他把學校旁邊的公園用推土機鏟平，瑟琳娜就一直針對我。

寫作文
呼吸
翻白眼
哈哈哈
翻白眼

雖然……

我並不喜歡她們嘲笑我，我試著轉移注意力，想些別的更有趣的東西，例如甜甜圈，還有我最近迷上的是練習一種新表情：聽到每件事都刻意瞪大眼睛，骨碌骨碌的。還有一件轉移我注意力的事，最近大家都在謠傳，我們這個年級會有一個**新同學**。這件事很讓人興奮，因為……

1 我不再是學校裡唯一的新同學了。**耶！**嚴格來說，我跟我妹**小紅**都是新來的，因為五個月前，我爸媽決定搬家，離**外公外婆**近一點，所以我們轉學。不過，**小紅**顯然直接就融入了學校，所以目前我是唯一一個「新來的」。

2 新同學可能沒有我酷，所以我有機會看起來比較酷。

3 新同學可能會喜歡我。可能啦。

4 新同學可能會帶甜甜圈來。哎呀，我當初應該帶甜甜圈來的。

環保委員會

午餐時，我跟我最好的朋友艾茴、艾德、茉莉，一起開會。他們也是環保委員會的一員。因為，你知道嗎？我在學校裡或在放學後，都必須拯救地球。**是不是很辛苦！**根本一刻也不能休息。我們在討論，到底要怎麼整理學校餐廳的剩菜堆肥區。茉莉跟我們說，有一件事跟環保委員會無關，但是她實在憋不住了，所以她跟我們說，她媽媽的姊姊的先生的好朋友的弟弟，做室內粉刷的工作，而他正在附近一個房子裡做粉刷，那間房子就是那個新同學的家。茉莉說，我們絕對猜不到……

呃，我們都很努力的猜。

我猜，新同學家是開甜甜圈店的。艾茴猜，新同學全家人都是寫小說的作家。艾德猜，他們全家是一支樂團，每個人演奏不同的銅管樂器。

令人驚訝的是，

我們全都猜錯了。茉莉跟

我們揭曉答案……

……新同學那家人，全部都是

超人!!

3

我決定，拯救新同學

雖然我們全都按著艾茴的幸運原子筆發誓，一定會守口如瓶，**但是**祕密還是洩漏出去了（艾德，一定是艾德——他最不會守密了）。到了放學時間，全校都知道了：有一個新同學是**超人**。

走路回家時，我跟艾茴說，我不太確定要怎麼看待這件事。我當然不希望自己是全校唯一的**超人**（我那超級討厭的妹妹也是超人啦，但是我說過了，她融入得超好，所以她不算），而且我不確定學校裡有另一個**超人**，會是什麼情況。我的意思是，對我來說會有什麼不同嗎？

我決定，我需要認真想想。由於塗指甲油能幫助我思考，我正考慮要塗什麼顏色的指

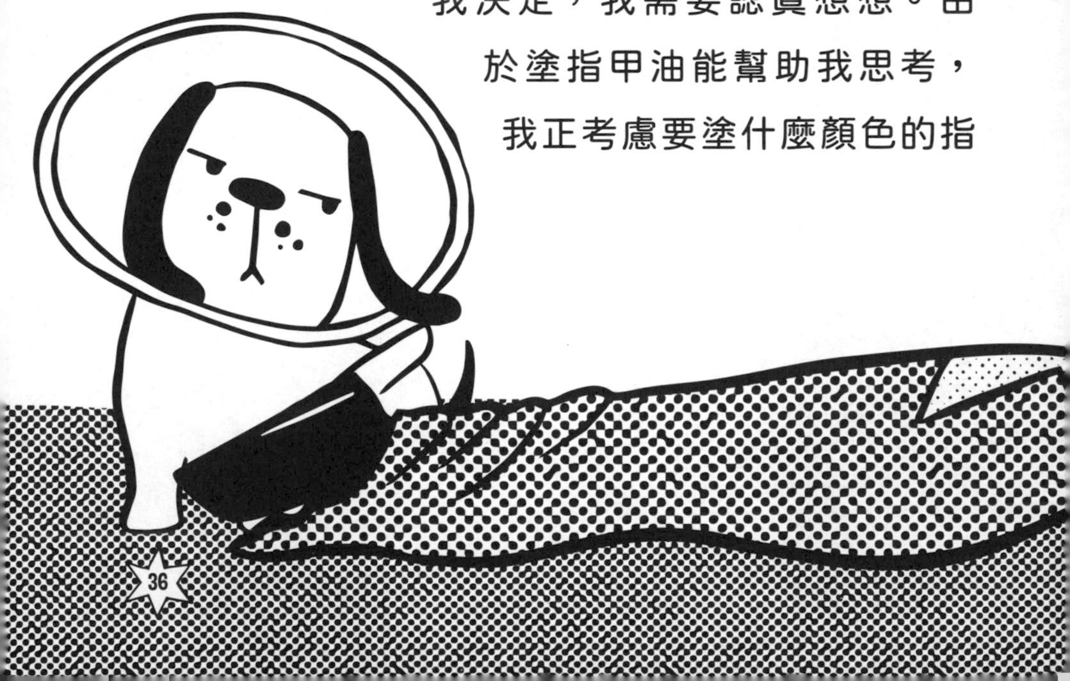

甲油時（目前最愛的是**螢光綠**），卻突然停止思考了，因為，我的臉朝下趴在地上。一時之間，我搞不清楚是怎麼回事，後來才發現，原來我跌倒了。這種事情好像常常發生在我身上，我想這都是因為我曾經被一隻羊駝打到頭（說來話長）。瑟琳娜和那群**校園風雲人物**，當然都看到了。而且為了展現「關懷」，她們笑得樂不可支。

到底是什麼東西害我跌倒的？我一看，是**汪達**……

是眞的！！！！這種事情怎麼可能會騙
妳……貪吃的搶劫壞蛋嗑滋拉，又在為
非做歹了！這次他肚子空空，打算吃掉
整個城市……對他來說只是在找樂子而
已。但是，這眞的有趣嗎？
可能脫臼的下巴
鬆緊帶
咕嚕
咕嚕
無底胃（眞的嗎？）
空心的腿（不會吧？）
我們的超級英雄正在路上。但是，計畫是？
超級市場
所有零食
全面打折！！！
噢，等一下……
媽媽怎麼隨時都帶著可重複使用的購物袋？到底她都收在哪裡啊？

超級英雄來到現場……提著
媽媽的緊急大採購……
好吃！
但是，袋子裡是好多好多
不健康的零食……團隊成
員開始把零食丟向嗑滋拉
的大嘴巴！
嚼嚼嚼
好吃！
好吃！
嚼
嚼嚼嚼
嚼嚼
好吃！
好吃！
更多零食？當然不行……
媽媽才不會讓你……
好飽！
好飽！
嗑滋拉突然沒有食欲了，
因為他吃掉太多零食。所
以，整個城市又可以安全
一天了。
比結絲、小紅龍，
謝謝妳們！我剛剛
對嗑滋拉做了妳們
一直在做的事！

我們回到家，我爸去煮義大利麵，放了超量辣椒。我們完全不驚訝，他說這是他的拿手招牌菜，聽起來很厲害的樣子，其實我們都知道，他只會煮這道菜。沒有時間多想了，因為我們得趕快吃晚餐、做功課。

晚餐之後，我覺得很累，但我心裡還是在想那個新同學的事，所以我去巴樂的籠子把她帶出來（對，巴樂是女生），帶著她偷偷上樓，這樣我才能對她傾訴心事。以天竺鼠來說，巴樂真的很會聆聽。可能是因為她沒辦法回話，但是我真的覺得她聽得懂，雖然看起來她只是在咬我的課本。

我跟**巴樂**說，新同學也是**超人**，而且剛好就在我這個年級，我不太確定學校有另一個**超人**我會不會喜歡，但我知道我不喜歡自己是全校唯一的**超人**。總之我也搞不清楚我的想法，可能是因為我根本就不想當超人，另一個原因是瑟琳娜總是針對我，只因為我是**超人**……跟**巴樂**說著說著，我突然停下來，因為剛剛那一大串可能是我這輩子說過最長的一段話，所以我有點喘不過氣，另一方面是因為，我突然想到，我必須跟那個新同學交朋友，這樣才能防止她被瑟琳娜針對，就像我剛來的時候一樣。其實現在也是如此。

對啊！我就是沒辦法不去拯救別人。

翻白眼

隔天……

熬夜跟天竺鼠講心事講到很晚，害我早上爬不起來，好不容易才離開被窩，所以我上學快遲到了！（其實從起床到出門的時間是我個人最高紀錄，6 分 42 秒——謝謝）。走進我們班，發現每個同學好像比平常多看了我幾眼，我**嚇了一跳**，所以趕快檢查一下……

　　所以，到底大家在看什麼？艾茴一見到我就立刻跑過來，表情有點擔心、卻又**非常非常高興**的樣子。

艾茴跟我說，新同學今天就要來了，艾茴看起來很擔心，所以我跟她說了我跟巴樂講過的心事，還說我們應該要跟新同學做朋友，因為，誰最了解當**超人**是什麼滋味？當然是我啊。艾茴聽我說完後鬆了一口氣，因為那個新同學會來**我們班**。

哇，這可眞是好消息。當然對新同學不見得是好消息，因為她將要面對**盛氣凌人**的瑟琳娜，不過對我來說很好，因為我可以當新同學的「小夥伴」照顧她，就像我剛來的時候，哈瑞絲老師要瑟琳娜當我的小夥伴一樣。差別在於，我會眞的照顧人家，而不是一直想辦法甩掉他。

鐘聲響了，哈瑞絲老師快步走進教室，後面跟著一個黃色身影。原來那個黃色身影就是新同學，她站在全班面前，看起來好像希望自己被光波傳輸到別的地方，就算是一艘**臭屎泥外星太空船**也好，我們都知道那有多噁心。**真的非常噁心**，不只臭、還**黏糊糊**的。

我還記得到新學校第一天，站在全班面前時有多緊張。所以現在我很興奮，因為可以幫助新同學融入環境。我轉頭看看瑟琳娜在幹麼，但是她好像根本沒注意到有新同學。我真的不理解，她的指甲有那麼好看？哈瑞絲老師開始點名，點完名之後她放下教室日誌，然後又拿起來，接著撿起本子裡掉出來的每一張紙片，最後，終於轉向那個黃色身影。

新同學

新同學叫做**捷特**，她從別的學校轉來。哈瑞絲老師對我們說，**捷特**是個**超人**。其實，我們早就知道了，因為：

a 茉莉的媽媽的姊姊的先生的好朋友的弟弟跟茉莉說，茉莉跟我們說，然後艾德跟所有人說。

b **捷特**穿著一件短披風（穿那種披風就不會跌倒了啊，為什麼我不能穿那種短披風？！），她還戴著**超級英雄**的眼罩，而且她全身上下穿的都是鮮黃色。真的**非常非常非常黃**。

c 她漂浮在地面上方 30 公分左右。

接著，哈瑞絲老師問，有沒有
人自願當**捷特**的「小夥伴」。我
馬上舉手，我覺得自己很棒，是個
親切助人的好學生，我已經準備好
要照顧這個新同學，告訴她如何生
存，讓她不必經歷我以前那
種羞辱感。但是……

　　我聽到瑟琳娜說，她想當**捷特**的小夥伴。
哈瑞絲老師說，「好，**捷特**，妳要選哪一個人當妳的**小夥伴**呢？」
結果，

捷特

選了

瑟琳娜。

我心想……

什麼？
眞的嗎？

沒錯。
是眞的。

我很驚訝自己居然會失望，畢竟，我根本不認識**捷特**。不過，我試著替她高興，因為有兩個人自願當她的小夥伴，而且其中一個還是全校最受歡迎的人。

糟糕的是，我還是忍不住想，為什麼瑟琳娜想要跟**捷特**當朋友？為什麼**捷特**沒有選我當她的「小夥伴」？——難道我有什麼問題嗎？為什麼她可以有實用的短披風，那件披風應該不會搞得溼答答，因為不會拖在地上沾到水灘，不像某件**最蠢的長披風**。

噢……

為什麼一切都這麼不公平？？？

翻白眼

4

努力做對的事

放學回家，我爸又在煮義大利麵，這次放了更多辣椒。**小紅**忙著烤蛋糕，準備帶去學生會的會議。**翻白眼** 我媽正在修理洗衣機。（目前為止一切都沒什麼特別）但是，最厲害的來了，

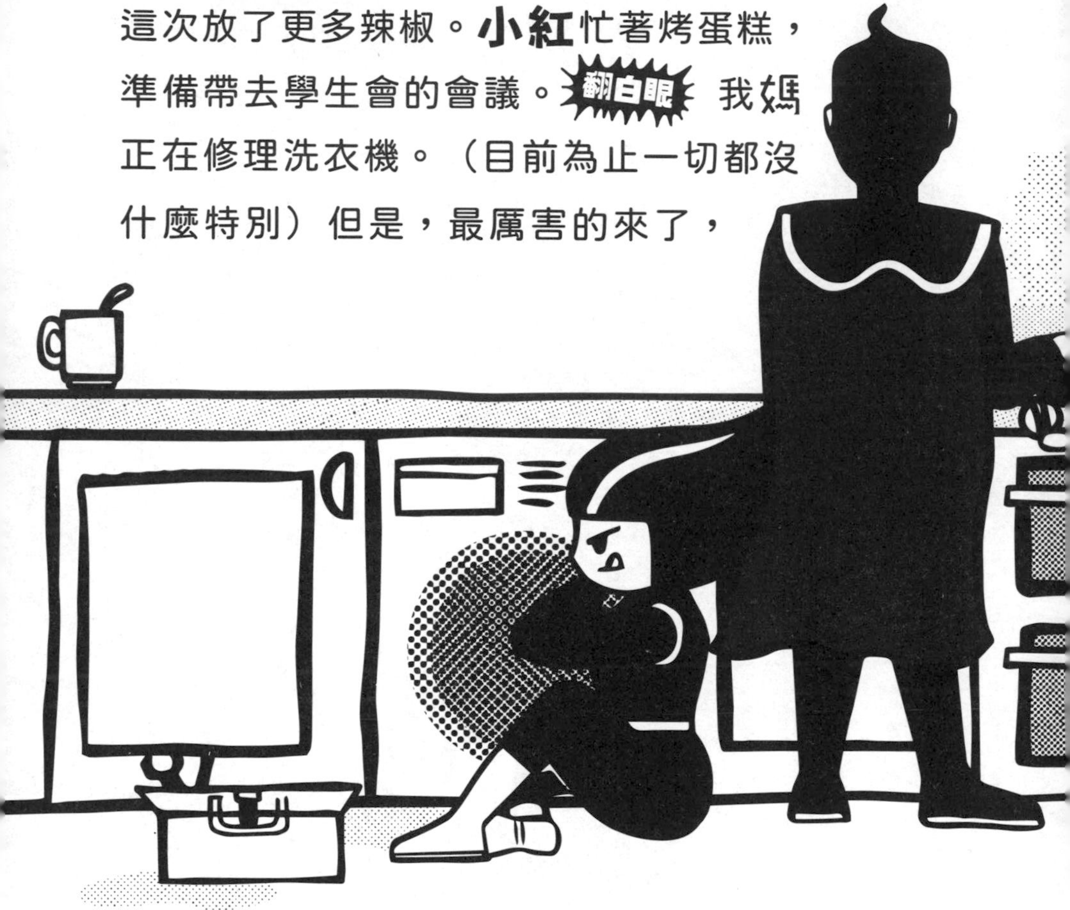

火豔姑姑跟**大大大大大力叔叔**現在在我們家。

他們才剛從外太空回來，解決了一件銀河系外圍的紛爭，經過我家就進來拜訪，我很高

興。他們光鮮亮麗又時髦，而且總是有眞正刺激的冒險故事。我媽說，她在生下我和**小紅**之前，她和我爸也是那樣，但是，我眞的看不出來。

總之，**火雞姑姑**和**大大大大大力叔叔**問我今天過得怎麼樣，我跟他們說了**捷特**的事，瑟琳娜自願當她的小夥伴，看起來好像是一件好事，但是瑟琳娜並不是什麼好人。要是我來當小夥伴，一定會做得比她好，但**捷特**卻選了瑟琳娜。我很努力不要難過，但我真的有點難過。

火雞姑姑告訴我，為什麼**捷特**會搬過來——**火雞姑姑**之所以知道，是因為她在任務指揮中心的職位很高。

火豔姑姑解釋……

……捷特在她以前的學校碰到困難，因為她是個超人。顯然，穿著短披風、會飛、常常衝去拯救世界，讓她在學校裡很特別，所以有些同學就會取笑她。

我說……

哇！眞的嗎？我完全猜不到竟然是這樣，因為我都沒有碰過這種事情耶……不是每一天都這樣嗎。

火豔姑姑說……

這樣看來，就能完全了解捷特為什麼會想融入，而不想讓大家關注她的超人身分。是不是？

我想這說明了為什麼**捷特**不選我而選了瑟琳娜當她的小夥伴，但瑟琳娜其實是最會針對人又最愛挑剔的啊！**大大大大大力叔叔**對我說，不管什麼情況，**超人都要互相照顧**。我跟**捷特**都是**超人**，就算她沒有選擇我，我還是要照顧她。**火豔姑姑**建議我應該試著跟**捷特**聊一聊。聽到她這樣說，大家都驚訝得差點摔下椅子，因為**火豔姑姑**不是會閒聊的人，她是行動派的。

她說，「**什麼？！淺聊**我也會啊！」我們都笑了，因為她連閒聊都說錯，更別提真的去閒聊了！

火豔姑姑和**大大大大大力叔叔**回家之後，我回到房間去好好思考一下，同時也要讓嘴巴冷卻下來，因為我爸實在放了太多辣椒，簡直失控。

當然，我又開始塗起指甲油，一邊思考、一邊試塗新顏色（女巫之髮色）。我塗完一隻手，**當然**，又是**汪達**進來了，她說我們必須進行一項特殊任務。

我甚至都還沒開口請求，她直接說「不行」——連讓指甲乾的時間都等不了。

為什麼**每次都是**在我開始塗指甲油的時候，世界就需要拯救？每次被我媽或我爸罵的時候，或是要寫雙倍作業的時候，就沒有任何需要緊急出動的任務。**每次都是這樣**。

警報！警報！！！天蛾人正在到處拍翅膀，導致所有東西都沾上粉灰，現在一團混亂！如果我們不阻止他，這個大城就會變得髒兮兮，沒辦法居住了……
啦啦啦啦啦啦啦啦……
天蛾人！
邪惡的天蛾人*
對著大城的無辜居民，
拍翅撒粉……
哇哈哈哈哈哈
……就連驅蟲劑也無法
阻止他！

*並不是所有蛾都是邪惡的……其實大部分的蛾非常溫馴，而且比你想的還要可愛。

超級英雄抵達大城……狀況比想像的更糟，該怎麼辦呢？
叮
突然……比結絲靈光一閃……
天蛾人無法抵抗光線……
噢，好棒的光線……
叮
現在，只要比結絲一直靈光一閃……
呼
啪
叮
呼
天蛾人就會一直撲向好棒好棒的光……啪！
太棒了！
勇敢的超級英雄，腦袋一直產生新點子，直到天蛾人把自己累壞了，決定回家躺平。
拯救大城成功！！
哼

隔天早上……

整個晚上熬夜拯救世界，而且又刮花了我的指甲。隔天我起床晚了，整個早上都昏昏沉沉。

首先……
早餐穀片
加果汁
MILK
JUICE
然後……
用牙刷梳頭髮
……用梳子刷牙齒

閉著眼睛
翻白眼
ZZZZZ
同時……
內褲穿到頭上
什麼？
最後……
書包背錯邊

我頭腦昏沉，而且上學快來不及了，所以我爸開車送我和**小紅**去學校。我們快到學校時，我爸做了一件很可怕的事，他每次都這樣——把音樂開到最大聲。他認爲這樣可以讓別人覺得這個爸爸**超級酷**，不過顯然並不是，因為酷爸這種東西**並不存在**……

學校

老爸們自認很酷★
的幾種方式……
只不過，
真的不酷。
跳舞……呃，拜託不要。
翻白眼
嘿！那雙球鞋很潮喔！
試著跟小孩拉近關係……少來了！
翻白眼

用太多造型產品
……髮型還是很糟！
自認很時髦
不是好嗎！
自認相當風趣。
完全沒有！
翻白眼
翻白眼

當然，我爸就在**學校正門口停下車子**。音樂開那麼大聲已經夠糟了，他還伸出手掌來要跟我們擊掌，好像我們是朋友之類的。我被這一連串可怕的舉動嚇慌了，竟然不小心撞到他的頭，好像用頭擊掌那樣，**簡直丟臉死了。**

就在我倒楣到極點的時候，瑟琳娜跟**校園風雲人物**和**捷特**，她們剛好就在旁邊，笑得花枝亂顫，髮夾都滑下來了。（除了**捷特**，因為她沒有髮夾——她留短髮，哪需要髮夾？那種髮型很適合運動，會隨風飄揚但是不會蓋到眼睛，而且就算衝來衝去，那種髮型就是能瞬間恢復成本來的樣子。）而且**捷特**也沒有像**校園風雲人物**那樣大笑。

我走向教室時，看到**捷特**獨自走進廁所。也許這是一個好機會，可以像**火雞姑姑**說的，跟她「淺聊」（哈哈）。我不能直接走進去跟她說，**超人要照顧彼此**，那樣**太超過了**。但是也許我可以提醒**捷特**，瑟琳娜可能有點壞心，讓**捷特**知道我還是會跟她做朋友，如果她願意的話。我必須找個機會說這些，所以，我就跟著她進廁所。

我不想讓自己像個**澈底的怪胎**，所以我走到鏡子前，試著想一個為什麼我會在這裡的理由，而我所能想到的就是——對著鏡子擦護唇膏。當然我身邊並沒有護唇膏——我真的不知道護唇膏為什麼總是想要消失不見。總之，我有一個橡皮擦，形狀看起來像護唇膏（大概像啦）。所以我把橡皮擦從書包最底部翻出來，假裝在擦護唇膏。

捷特來到洗手槽前洗手，我試著微笑，但是卻差點不小心吞了那個橡皮擦，所以我只好跳過微笑，直接進入閒聊。我先說「哈囉」，絕對不會出錯的開場，但是突然腦袋一片空白，我想不出任何可以說的事情，所以我把護唇膏遞給**捷特**，等我想起這並不是一支護唇膏的時候，已經太遲了……

我以為**捷特**會像她們一樣笑我，我感覺到自己的臉頰變得超級紅。但是，她沒有笑我。她只是微微一笑，說，不用、謝謝，而且語氣一點都不諷刺。我想，或許我們還是可以變成朋友吧。我突然想到很多事情要說，例如「短披風很好看」、「一直當**超人**有時候很討厭對不對？」，但是這時候，瑟琳娜跟**校園風雲人物**走進來了，她問**捷特**在跟誰講話，因為在瑟琳娜眼裡，根本就沒有我這個人。沒想到**捷特**卻只是看著地板，沒錯，就只是看著地板，我知道，現在我的臉更紅了。接著她們一起走出廁所。

我很想被光波傳輸到外太空。沒錯，送到**臭屎泥外星太空船**也可以。但是沒有時間這樣做，因為點名的鐘聲響了。

5

跌倒的慘劇

整個早上，瑟琳娜跟**校園風雲人物**和**捷特**都在講悄悄話跟吃吃竊笑，我覺得渾身不自在又發熱，可能是因為臉頰紅通通的關係，但也是因為自己很像白癡，不知所措。在瑟琳娜走進廁所之前，**捷特**對我似乎很友善，但是後來一切都變了。

我只是想表示友善而已。我很努力記得**大大大大大力叔叔**和**火豔姑姑**說的，但是現在我只覺得好丟臉，丟臉到我完全沒辦法好好發揮。**啊——**為什麼一切都像是不可能的任務？

整個早上我坐立不安，而且很擔心會吃不下午餐，但是我想起那天是披薩日。**太棒了！**終於有件令人高興的事。我跟艾茴、茉莉、艾德一起走進學校餐廳時，心情更好了。我有三個好朋友，而且**還有披薩**。

一切都很順利，直到我端著盤子走向我們的餐桌時，我那件可惡的長披風，被**校園風雲人物**其中一個人的書包絆住了。**當然**一定會是**校園風雲人物**其中一人的書包，**當然**一定就

在餐廳正中央，**當然**我整個人往後摔，**當然**我整盤食物，牛奶、披薩、沙拉、優格、餅乾等等，

直接

打在

我臉上。

當然。

如果我穿的是短披風，**絕對不會**發生這種事。

我躺在地上，感受到牛奶流淌到頭髮裡，我用力眨眨眼把優格從眼睛擠開，心裡想著，到底為什麼這種事情總是發生在我身上。我想是因為，自從被一隻羊駝打到頭（還是說來話長），我的平衡感變得很差。除此之外，還因為我穿的那件一無是處、拖來拖去的長披風。

這時候，我的思緒被瑟琳娜高亢的笑聲打斷了，

哈！哈！哈！

接著是其他**校園風雲人物**的笑聲

哈！哈！哈！哈！

然後……**捷特**也笑了。

艾茴扶我站起來，艾德和茉莉把所有東西（如果還有剩的話）撿起來放到我的盤子裡。瑟琳娜靠向**捷特**，用很**宏亮**的聲音嘀咕說（是嘀咕沒錯，只是真的很大聲，打算讓每個人都聽到），她很高興現在班上至少有一個**真正super**的**超人**。這句話真的很傷人，尤其是幾小時前我才剛拯救了地球，而瑟琳娜根本不知道。就算知道，她會說謝謝嗎？我很懷疑。

我轉身說，雖然我可能不擅長穿著長披風同時拿餐盤，但是我真的是超人。我正要說前晚我如何拯救世界，瑟琳娜就開始笑，有點像驢子那樣笑。全校沒有人能笑成那樣而不被嘲笑的，但是我馬上明白，為什麼瑟琳娜可以——因為她是全校唯一會嘲笑別人的人，這讓我更生氣了。在我的腦袋還沒搞清楚之前（都怪那隻羊駝！！！），我就脫口而出：我很 super……就跟**捷特**一樣 super……我可能還更 super。突然，那陣驢子般的笑聲停了，瑟琳娜的眼睛裡射出**邪惡的眼神**，跟我以前碰到的任何壞蛋一樣邪惡。這時，我真想跑到別的地方，宇宙任何一個角落都好，就算跟**放屁芮拉**關在同一個空間也好。

瑟琳娜看著**捷特**，問她是不是要讓我這樣講她。**捷特**收起笑容，看起來有點不自在。瑟琳娜又問了一次，邪惡的氣息也滲透到她的聲音裡，而且，整個餐廳好像都屏住呼吸。**捷特**抬頭，一抹優格剛好滑落我的鼻頭。她說，她不會。

「那好，」瑟琳娜音量宏亮到根本沒必要（**故意誇張**），「我想這就表示，我們應該舉辦一場

超人對抗賽

顯然，這是為了決定，誰是我們班最厲害的**超級英雄**。而且，每個人好像都贊成瑟琳娜，認為這是一個好點子，因為大家當然會贊成她。

後來，我根本沒食欲了，反正餐盤裡也沒剩多少食物，因為食物都在我身上。艾茴陪我一起去廁所，幫忙把沾到優格的披薩等等清掉。

我們在清理的時候，我跟艾茴說，還好今天不是太熱，否則這些優格殘渣經過加溫之後，聞起來就會像嬰兒的嘔吐物（有一次在家裡，我不小心讓暖氣沾到優格，放了好幾天）。艾茴笑了，她說，是啊，但是我們等一下要上體育課，所以到時候一定還是會臭臭的。我心想，為什麼艾茴總是這麼坦白，

每一次
都這樣。

我的意思是，我不是要她說謊，但是或許有時候，我不需要聽到所有的眞相吧。

鐘聲響了，我們慢慢走向教室準備點名。（我不想走得太快，以免身體太熱，導致優格發臭）。哈瑞絲老師有點遲到，瑟琳娜充分把握這段時間宣布一件事。我想聽她要說什麼，我等不及了（但我眞的可以等）……

瑟琳娜要主辦這場**超人對抗賽！**我忍不住覺得，這太不公平，因為她甚至毫不隱藏她想要誰贏（提示：不是我）。但我一點辦法也沒有，因為消息已經傳遍全校，無法挽回了，只能繼續下去直到結束。誰知道「結束」會是什麼。唉。

瑟琳娜走到教室前面，而**校園風雲人物**其中一個要大家安靜。大家瞬間安靜了，比哈瑞絲老師要大家安靜還要快。除了卡爾蓋茲柏特，不過反正他從來沒有閉上嘴巴過。瑟琳娜裝模作樣的清清喉嚨，然後對大家說，將要舉辦三場**超人對抗賽**，誰贏最多場就獲勝。接著她說，每個人都應該來觀賞第一場比賽，就在今天，最後一次下課時間，在操場。那將會是……

鼓掌

驚喜！
接著，全班竟然鼓掌。
真的要這樣嗎？
鼓掌
鼓掌
鼓掌
鼓掌
鼓掌

我看看**捷特**，她也看看我，我們兩個都聳聳肩，好像我們一點也不在乎。但是我知道，我真的在乎。而且我覺得，**捷特**可能也在乎。

我有一種**強烈的預感**，

今天

可能不是

我的好日子……

6

第一場超人對抗賽

下一節課好像永遠上不完，又好像一下子就過了。我想起有一次出任務，在**驚奇銀河系外圍**，我試著逆轉時光機，然後被卡在時間漩渦裡，有點像那種感覺。

那堂課是法文課，我的肚子**咕嚕作響**，大聲到矮哥爾老師（他其實是我看過身高最高的）以為我在問問題。這讓我覺得，我的肚子是不是反而比較有法國腔，我猜答案可能是OUI（＝法文的「是」）。

我其實不太確定，肚子叫是因為午餐大部分都潑在我身上，而不是進了肚子；還是因為，我有點緊張下課時間的**超人對抗賽**。艾茴塞給我一條雜糧棒，我吃掉之後，肚子還是在叫，所以我想，一定是因為**緊張**。

咕嚕！咕嚕！

被迫參加這個蠢得要命的**超人對抗賽**，也沒問過我想不想參加（**我並不想**），這樣已經夠慘，何況是在下課時間，實在太過分了。我跟艾茴說，眞的很不公平，嚴格來說，**捷特**才是新同學，但是她卻已經比我酷、比我受歡迎，而且——

艾茴按住我的肩膀說，我眞的不需要緊張。**捷特**的披風是比較實用沒錯，她才剛轉來，就跟學校最受歡迎的女孩交了朋友，這也沒錯，當然，她的髮型是眞的很棒。但是，艾茴說，不管怎樣，她和茉莉跟艾德永遠都會是我的朋友，是環保委員會的忠誠成員（咳，嚴格來說，我是環保長，所以由我來發號施令）。而且，他們覺得，我在很多方面都很 **super**。我真的很高興的是，艾茴只會說實話。所以，我只小小的**翻白眼**，因為——拜託，我的髮型也很棒，不是嗎？

終於，到了下課時間，我的披風其實已經聞起來有點像嬰兒嘔吐物了，讓我也覺得有點想吐。所以我在想，我會不會噁心得太嚴重所以沒辦法比賽。但是我又想到，如果今天不比，明天還是要比，那讓我**更想吐**。**噁**！

艾茴、茱莉、艾德都來幫我加油，我真的很感激，因為學校其他同學也來了，而且他們好像都支持**捷特**。

為什麼我會這樣想，我不知道……

琵琳娜、**校園風雲人物**、**捷特**，完全不見人影。我覺得她們這樣太無禮了，因為比賽是她們的主意啊。接著我想，該不會是惡作劇吧？還是說，**捷特**可能是扭傷腳踝，所以不來比賽了？我才剛剛覺得不那麼緊張的時候，就看到她們走過自然教室大樓的轉角，我的胃都快翻出來掉到腳趾頭上了。

大家一下子安靜下來，琵琳娜宣布，**超人對抗賽**第一回合的項目是……

飛行表演

比結絲 VS 捷特
第一回合的挑戰是，ㄟ，飛行表演……OK？我呢，想要看妳們兩個，哪個人最會飛呀。所以呢，我要妳們兩個，那個，做一些飛行特技之類的，了解嗎？然後呢，看誰做的最棒，誰就獲勝……懂嗎？
所以呢，第一個挑戰就是，繞圈圈……
預備備……
開始！
噢，拜託……
為什麼捷特會叫做捷特，大家可以明白了吧。
* 捷特 (Jett) 和噴射機 (Jet) 發音相似

完全不意外，第一個挑戰是捷特獲勝。第二個挑戰，就是呢，去月球、然後回來……
這個，我呢，有什麼選擇嗎？
預備備……開始！
咻！
哎！
哈
哈
哈
捷特瞬間就回來了……但比結絲在哪裡呢？
嗯……

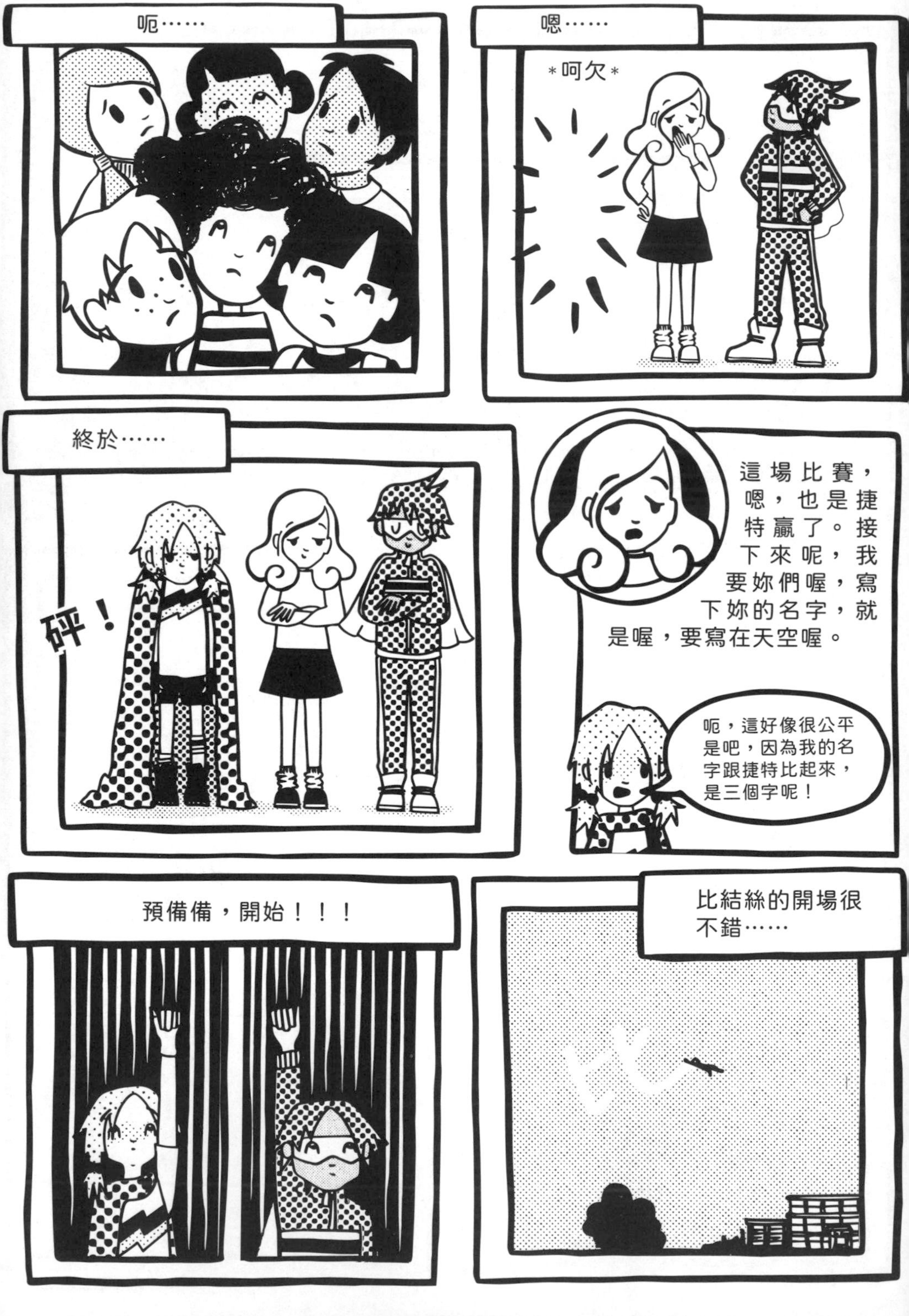
呃……
嗯……
呵欠
終於……
砰！
這場比賽，嗯，也是捷特贏了。接下來呢，我要妳們喔，寫下妳的名字，就是喔，要寫在天空喔。
呃，這好像很公平是吧，因為我的名字跟捷特比起來，是三個字呢！
預備備，開始！！！
比結絲的開場很不錯……
比

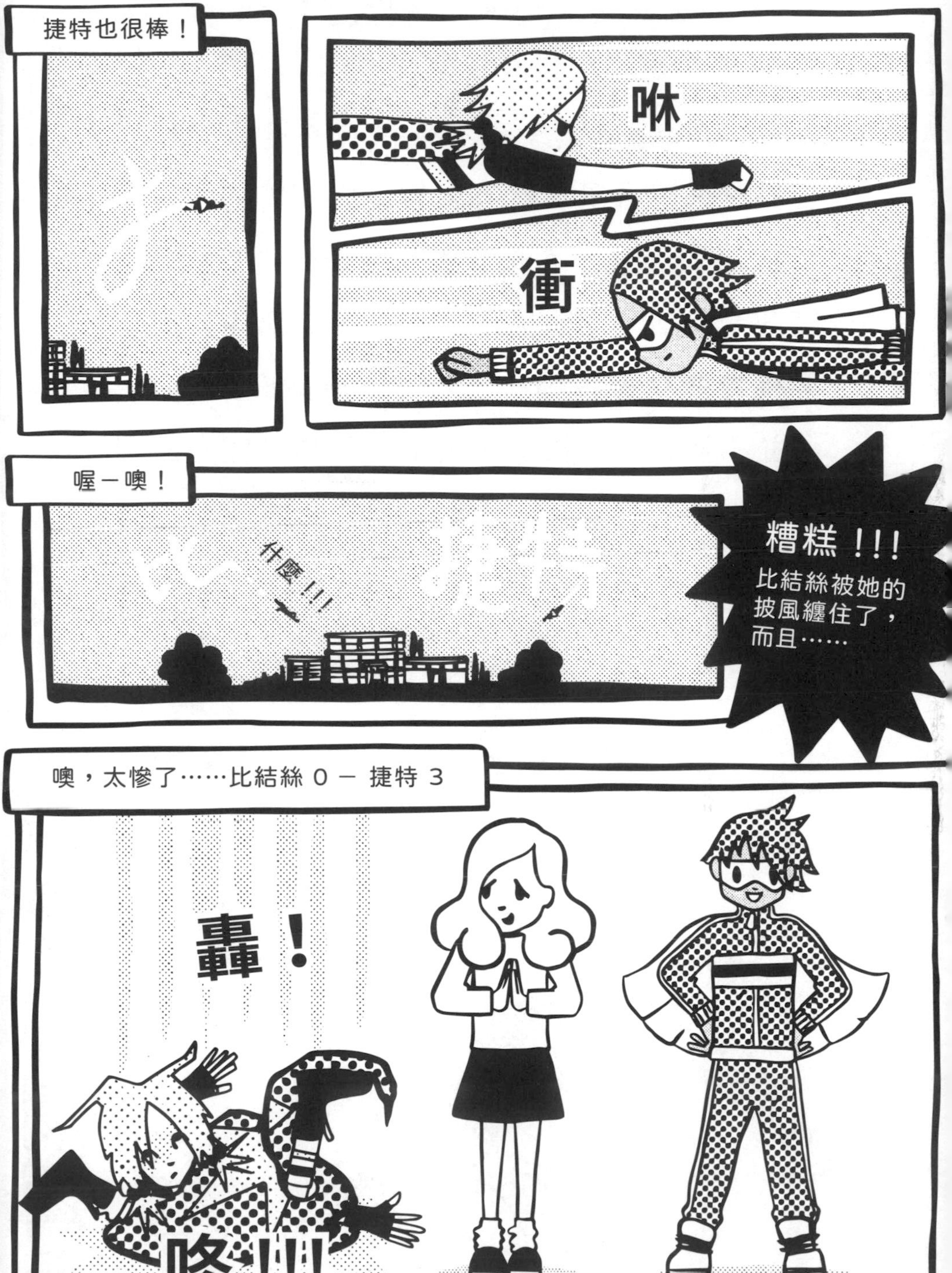

捷特也很棒！
咻
衝
喔－噢！
什麼!!!
捷特
糟糕!!!
比結絲被她的
披風纏住了，
而且……
噢，太慘了……比結絲 0 － 捷特 3
轟！
咚!!!
完美降落！

到了這時候，我不覺得有必要公開說，但是瑟琳娜還是站到自然教室大樓外的牆邊，宣布**捷特**獲勝。每個人都歡呼鼓掌（就連我、艾茴、茉莉、艾德也在鼓掌，因為無論如何都要保持運動家精神），**捷特**看起來很開心，我並不怪她。如果是我贏了，我也會開心又興奮，所以我沒辦法對**捷特**生氣。但是我確實覺得，她繞場一周接受大家歡呼、沿途跟每個

人擊掌，是不是有點太超過了。而且她還做了一個後空翻、跳一小段**閃電舞**、結束時跪姿滑行。我覺得她有點太愛現了。

讓我感覺最糟糕的是，我穿著那件蠢得要死又打結的長披風，身上沾到午餐、聞起來像嬰兒嘔吐物，**捷特**看著我、跟別人一起大笑。我在想，她是不是已經投靠

黑暗勢力。

「**超人要互相照顧**」？哼。

放學之後，艾茴跟我一起走路回家，她試著鼓勵我。她人真的很好，但是，我在**對抗賽**慘敗、身上沾了優格跟體育課流汗的臭味，而艾茴又只會說實話，所以這對她來說太有挑戰性了，所以我們大部分時間都是靜靜走路。不過這樣也很好。

走到我家，我正想問她要不要進來玩順便吃晚餐，**汪達**踱過來，一股腦兒交代一項任務。她當然沒辦法在最後一次下課時間給我任務，避免我在所有人面前出糗。

OH NO！

翻白眼

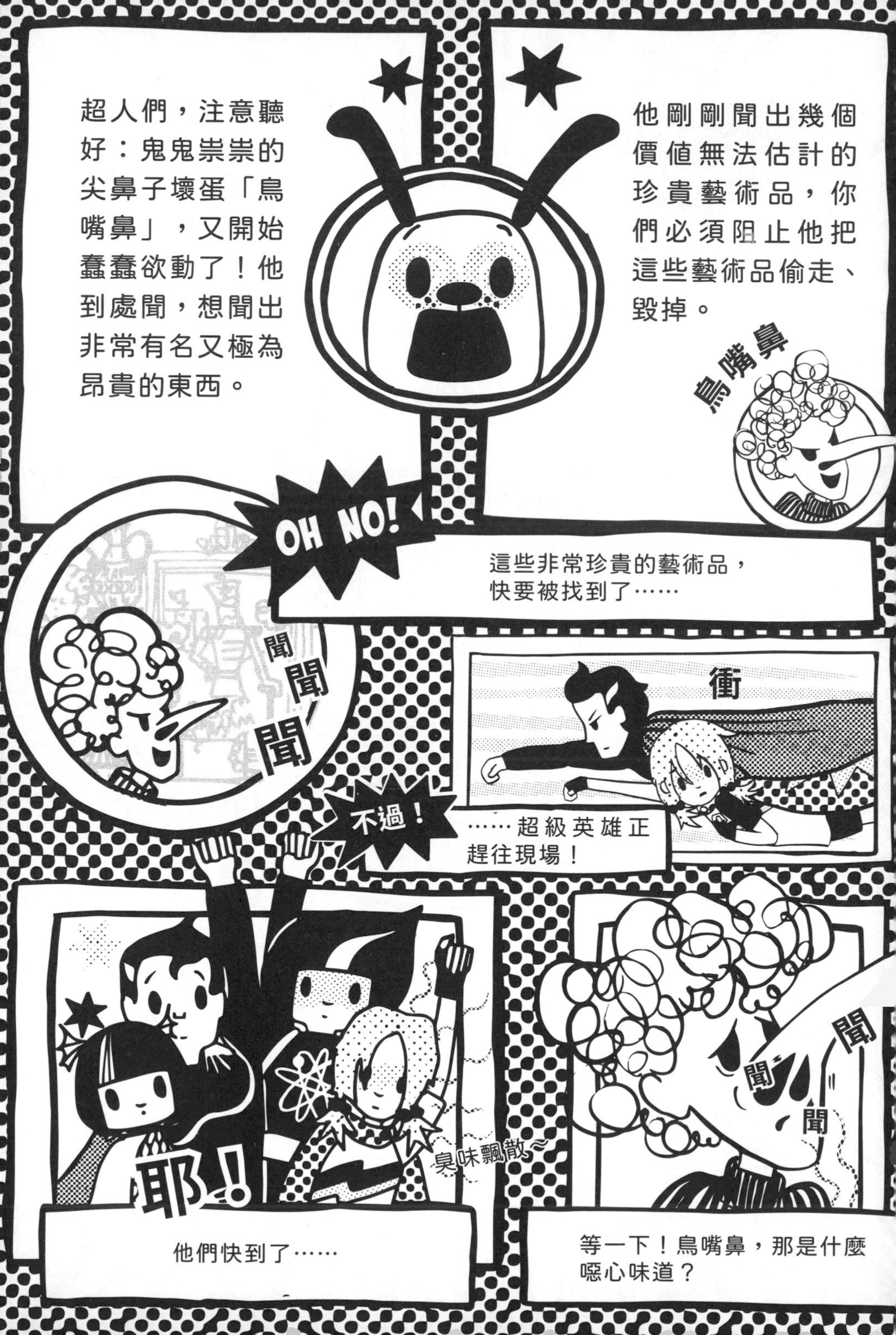
超人們，注意聽好：鬼鬼祟祟的尖鼻子壞蛋「鳥嘴鼻」，又開始蠢蠢欲動了！他到處聞，想聞出非常有名又極為昂貴的東西。
他剛剛聞出幾個價值無法估計的珍貴藝術品，你們必須阻止他把這些藝術品偷走、毀掉。
鳥嘴鼻
OH NO!
這些非常珍貴的藝術品，
快要被找到了……
聞
聞
聞
衝
不過！
……超級英雄正
趕往現場！
耶！
臭味飄散~
他們快到了……
聞
聞
聞
等一下！鳥嘴鼻，那是什麼
噁心味道？

好險！超級英雄抵達犯罪現場，呃，是即將犯罪的現場……
臭味飄散～
聞
聞
聞
噁噁噁噁噁噁噁噁噁！！！
臭味更強烈了……
啊！
退後！妳好臭呀！
臭味～
臭味～
臭味～
好難聞！！！
鳥嘴鼻的超敏感鼻孔，被超級英雄身上難聞的優格臭酸味，澈底摧毀了，他現在完全失去威力，那些無價之寶安全無恙。
臭味威力！！！
臭味～
臭味～
臭味～
翻白眼

回到家時，我爸問我，為什麼還穿著臭披風，為什麼不去洗澡？我很想說，因為，第一，我必須參加一場蠢得要死的**超人對抗賽**，比賽時，我得要在全校面前被羞辱。第二，我一回到家就必須去拯救世界，連吃個點心都沒時間。第三，我因為穿著臭披風而被訓話！

但是，這些話我都沒有說，因為我**太累了**。

所以，我去放了洗澡水。

7

蘇西開導我
對了，
還有另外一場超人對抗賽……

泡澡**除臭**之後，我打電話給蘇西。她是我舊家那個學校的朋友，我很想念她和湯姆（在那個學校的另一個好友）。在以前那個城鎮，當一個**超級英雄**仍然很討厭，但是從來沒有像現在這麼糟。我跟蘇西說了這些事情，她笑了起來，我覺得她這樣有點壞……你也知道，我的日子糟透了，而我學校裡每個人——呃，幾乎每個人啦——都認為我是魯蛇。

但是，因為蘇西是個很好的人，她馬上就道歉，她說，雖然為我難過（聽起來是垃圾話），但是我怎麼忘記了以前也發生過很糟糕的事情呢……？

有一次，我決定換髮型……
我在想什
麼啊？
有一次，不小心把披風塞進
內褲裡……
嘻嘻
比結絲。
披薩絲、
必結屎。
噴
柳橙汁從鼻孔噴出來……

我說這或許就是**我的命**，證明我不管住哪裡都**很悲慘**。蘇西聽了又笑起來。**喂，妳怎麼這樣？**不過她提醒我，她自己其實也經常幹一些蠢事，湯姆也是，甚至有一次**小紅**也是。

我很驚訝，因為我已經完全忘記那件事，她讓我想起來了。下次要是**小紅**從**很討厭**變成**超級討厭**的時候，我就可以「提起」那件事。

有一次，小紅不小心叫
老師「媽媽」。
媽媽！
有一次，湯姆不小心穿了
拖鞋到學校。
哈！哈！哈！哈！哈！
有一次，蘇西開始唱歌，
忘記自己在公車上。
啦
啦
啦
閉嘴啦！！

接下來……

蘇西說，我們都有**悲慘的時候**，而且到處都有瑟琳娜這種人，這是我們沒辦法改變的。但是我們可以做的是，決定怎麼面對瑟琳娜這種人。現在我想起來，為什麼蘇西是我最好的朋友之一，她總是能提出很棒的建議，而且，我們兩個都很喜歡杏仁糖，好像沒有其他人喜歡吃杏仁糖。

接著我們聊到她學校的戲劇表演（她負責燈光，湯姆畫布景），以及作業有夠多，妹妹有多討厭（她也有一個妹妹）。後來，**小紅**進來跟我說，該掛電話了，完全是一副模範生的樣子。我就是不理她，可是我**媽**在樓梯口往上喊，要我聽妹妹的話。這完全不對嘛——我是**姊姊**耶，怎麼會是妹妹來指使我？

蘇西說，她也得掛電話了。她祝我在接下來的**超人對抗賽**能有好運，但是她也提醒我不應該太擔心，因為幾個星期之後它就變成古老的歷史了，我覺得她說的對，然後就掛掉電話，試著入睡……

比結絲的夢……
耶！
太棒了！
讚！
第一名
妳得到的獎品是……
沒錯！是一隻巨貓！？！
當然啦!!!

咿——哈——！
呦呼——！
舔！
舔！
臭臭！
噁心！

我從睡夢中醒來，因為我聞到一種全世界最噁心的味道（我聞過**臭彈超人的超級臭彈**，還有我爸的襪子）。醒來一看，是**汪達**的口臭。為什麼我會聞到**汪達**的口臭呢？因為她就踏在我的胸口，正在舔我的臉！

顯然，她是為了要叫我醒來，因為——天大的好消息——我們必須去出任務……**連早餐都還沒吃。**

我媽拿出一件新披風給我，我希望這件能合身，但果然還是不行。它還有很多空間等我長大＊。

＊被它絆倒

緊急狀況

超速打嗝女又要發動攻擊了！她灌下一大堆氣泡飲料，肚子裡脹滿氣體，前所未見的威力，即將對準南半球嗝出來，會造成各種麻煩……
女孩們出動……！
呃，還有她們的媽媽……
呃
嗝
超級英雄用兩倍快的速度找出超速打嗝女的位置，發現她正在吐出超量氣體……

緊急狀況
緊急狀況
雷射眼
沒有用……
吐火
也沒有用……
只有靠它才行了……
……勇敢又非常尷尬的超級英雄，挺身而出，等待正確時機……
咕嚕
咕嘟
就在嗝氣噴出前的那一秒鐘，比結絲製造一團亮片風暴，撲向超速打嗝女的鼻子，迫使她把嗝氣吸回去。那些氣體最後會去哪裡呢？這個我想還是不要說比較好……總之，緊急狀況排除了！
暫時啦！

回家路上，我爸跟我說，他碰到新來的**超人**，在超市——呃，不是**超級英雄**去的市場，就是可以買到東西的一般超市。我爸說，他們好像很親切，而且他已經邀請對方來我們家吃晚餐。我就問，是邀了他們全家人、不只大人是嗎？我爸說，對。我回「**太好了**」。我的語氣是，我真的希望讓每個人都知道，其實我覺得**一點都不好**。然後，我就

自己衝回家

因為，實在是……**唉**。

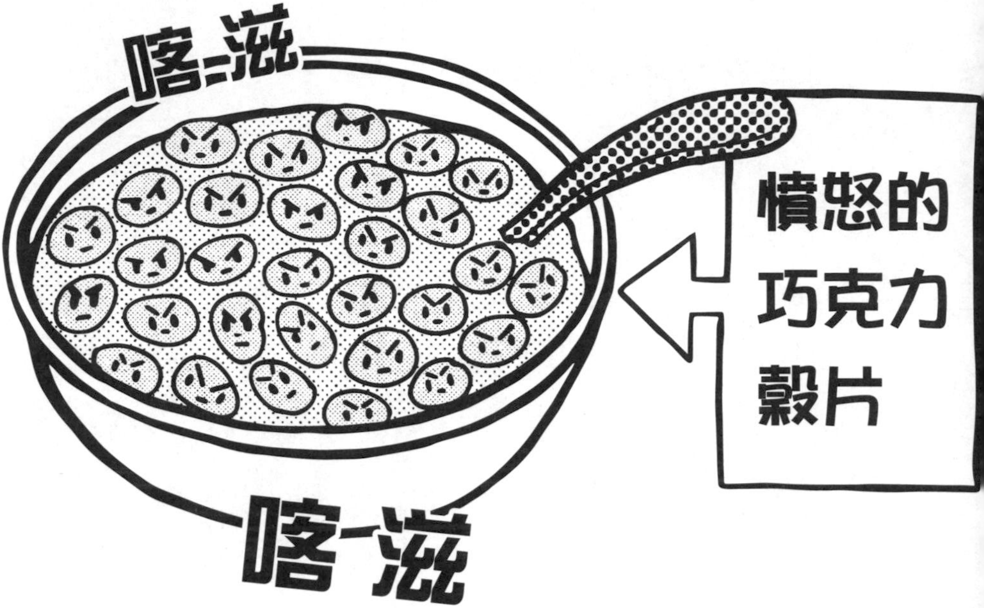

他們到家時，我正在吃第二碗**憤怒的巧克力穀片**。**巧克力穀片**本身並不憤怒，是我很憤怒。我說，你們是認真的嗎？感覺上好像每一個人都站在**捷特**那一邊——瑟琳娜、**校園風雲人物**，全校同學（除了艾茴、茉莉、艾德，可能還有**小紅**）——而現在我爸媽竟然邀請**捷特**來家裡吃飯！

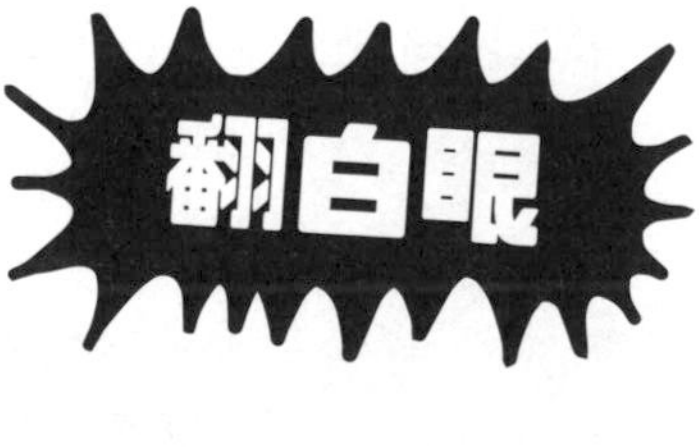

我心裡感覺超級不平衡。我已經在這個學校這麼久了（自從我媽我爸要我們搬家之後），我盡了最大努力（盡量啦）當一個外界期待的超人，然後**捷特**來了，她甚至連努力都不必，大家就覺得她好棒。我真的努力記得蘇西前一晚跟我說的，我真的記得，但是，當你自己的爸媽都沒有站在你這邊的時候，**實在太令人難過了**。接著我想起來，其實我沒有把學校發生的事情告訴我爸媽，但是，難道他們猜不到、感覺不到嗎？而且，我爸媽其中一個的額外**超能力**還是讀心術，真是夠了。

他們走進家門時，我猜**小紅**已經跟我爸和我媽講了整件事，因為他們用很奇怪的方式看著我，就是父母想表示親切時流露出來的樣子，但是，那種表情通常看起來有點詭異。我媽說，邀請另一個超人家庭來享用晚餐（包括**捷特**）可能是件好事。我覺得，她是不是也被羊駝打到頭了（那隻羊駝要解釋的可多了）。她說，如果我給**捷特**一個機會，或許會發現她其實人很好，我們可能會變成好朋友，因為我們有很多共同點。

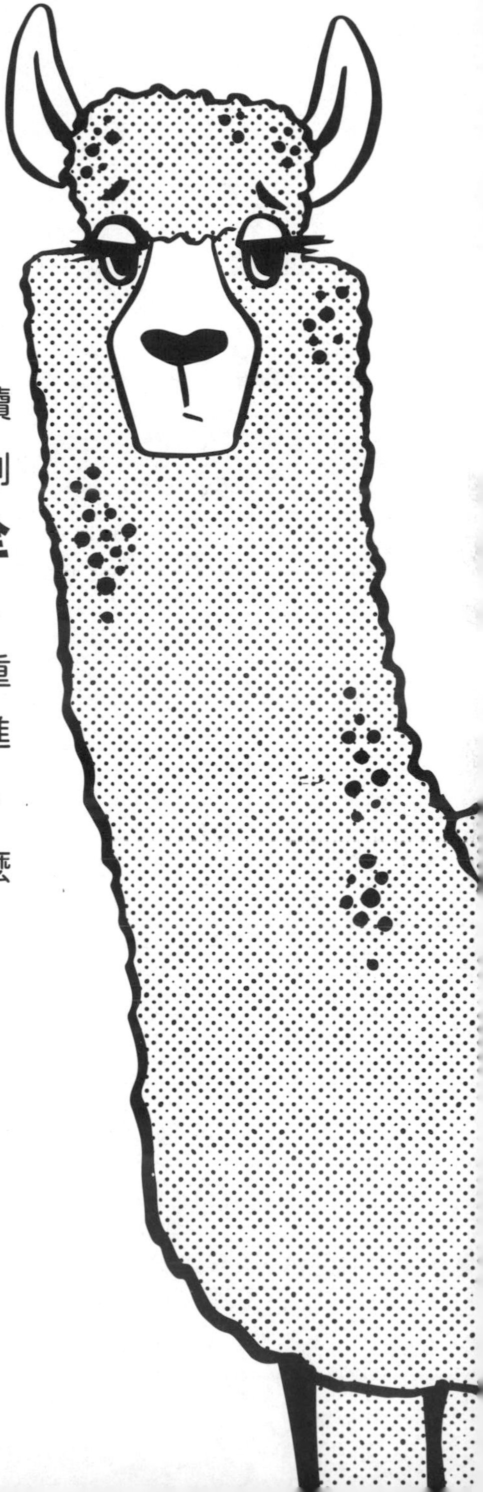

然後我問我媽，她會讀心術（顯然是**雷射眼**的副作用），為什麼**竟然完全搞不清楚我的生活？**

我媽回答說什麼要尊重我的隱私（呃，那下次闖進我房間之前先敲門好嗎），而且不知道究竟會讀出什麼（說得好）。

我強忍著情緒，但是**小紅**一路上唱著她最愛的男團歌曲（超討厭的），這一點幫助都沒有。到學校時，我甚至比之前更生氣。我只想撐完這場愚蠢的**超人對抗賽**，然後一切回歸正常。我會是**超級魯蛇**，瑟琳娜和**捷特**會**超級受歡迎**，無所謂啦。

我進教室時，正好聽到瑟琳娜宣布，下一場**超人對抗賽**，時間是今天午休時間，地點在操場。太棒了。

那天早上，每一堂課都好像永遠上不完。我真的沒辦法專心做什麼事，因為我一直在想，到底這次我會被羞辱到什麼地步。上物理課的時候，我跟艾茴同組做實驗，所以我跟她聊這件事，但是被沃克老師罵，她說我們應該專心做實驗，不然可能又會發生一次「雞蛋實驗意外」。她說的沒錯——我們真的不想再發生一次……但是那次不是我一個人的錯，也要怪物理學法則。

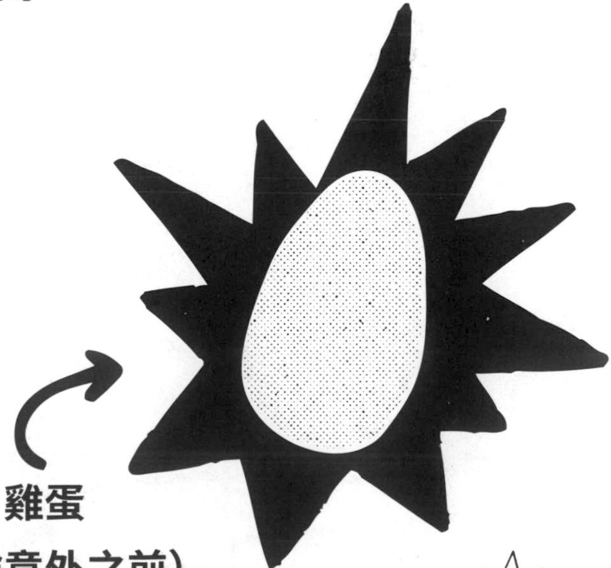

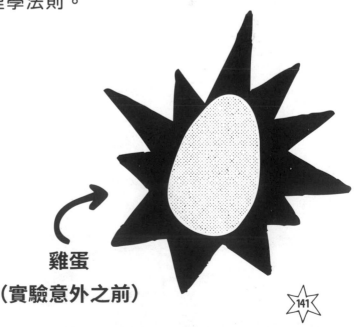

不過，上戲劇課的時候，我們終於有機會討論，呃，用默劇表演來討論，因為那堂課上的是默劇……結果發現，如果用默劇來表演，**超人對抗賽**其實很好笑……

銀河之間的追逐
情節意外轉折
我們一起嘻嘻笑

我覺得比較好一點了（科學研究顯示，**嘻嘻笑有益身心**），卻不該看了一眼時鐘，發現離午休只剩五分鐘，我的胃開始翻攪，但是又要勉強做出冷靜鎮定的樣子。

我們很快吃了午餐之後，我和艾茴、茱莉、艾德，一起走到操場。他們能跟我一起走過去，眞的很有幫助（因為如果只有我自己，我會很緊張），但是我知道，等一下我就要面對厄運，無論我對自己喊話多少次……

眞的沒有關係啦。
嗯。
妳一直都在對付壞蛋的。
沒錯。

我還是覺得，這是一件**大事**。而且這樣想的時候，我又會有點生氣，但是這次是在生我自己的氣。

哇！比結絲還可以選哪個壞蛋耶！是要抓暴怒姑姑，還是抓卡波呢？嗯——不過，去年聖誕節，暴怒姑姑毀了家族聚會，所以還是選卡波好了！不幸的是，捷特並沒有那麼多選項，老實說，她一個都沒有……

卡波他家……
叩
叩
這時候，在扭八怪的家……
回來啊
扭
扭
比結絲就這樣抓到壞蛋
但是捷特卻沒那麼幸運
扭
回來啊
扭
扭
比結絲贏了
這次比賽！
喲呼！
扭
扭
瑟琳娜看起來沒有任何意見！

哇哇哇哇！

耶耶耶耶耶！

我贏了。眞不敢相信，但我眞的贏了！我想，我還是一個很棒的超人吧！呃，一個有著**超級祕密**超人壞蛋朋友的超人。不管怎樣……

我贏了！

可能我跟**捷特**一樣 super？可能我比她**更** super？！

超人對抗賽，現在一比一平手，還要再比一場。這表示，我有可能獲勝，**我會贏！**

艾茴、茉莉和艾德都來恭喜我！沒錯，是我！**我贏了！**我一轉身，看到**捷特**跟在瑟琳娜後面，瑟琳娜頭抬得高高的，**氣呼呼**的走了。看著她們，我忍不住得意，雖然內心深處知道這樣不好。獲勝者換人當，這種滋味如何？

我看看四周，艾茴、茉莉和艾德看著我的樣子，像我有三顆頭，每顆頭都有威金斯阿姨的臉（她是**最可怕的**營養午餐阿姨，我看我快要追上她了）。這才發現，我把自己心裡想的表現出來了。

艾茴很**嚴肅**的跟我說，要記得，這個**超人對抗賽**其實並不代表什麼，而且，我最清楚瑟琳娜是什麼樣的人，我應該知道**捷特**可能是個好人，她只是被瑟琳娜指使而已。艾茴說的這些，我知道可能是對的，不過問題是……我有點聽不進去……

8

捷特來我家吃晚餐

死昆蟲色

那天的時間一下子就過了。真討厭，因為我有點享受大家都對我微笑，恭喜我贏了第二回合的**超人對抗賽**。我還滿喜歡當獲勝者，雖然對**捷特**有點抱歉，但是比賽總是會有人輸，不是嗎？

我甚至開始想，是不是要在放學之後做些訓練，為隔天最後一次**超人對抗賽**做準備。後來我不再想了，我決定擦指甲油（我要試一種新顏色——**死昆蟲色**），它會成為我的開運指甲色！

一回到家，突然想起——**捷特**的超人家庭要來吃晚餐！

為什麼約在今晚？我還有**更重要**的事情要做，例如集中精神、努力訓練、一心拿獎（噢，是不是眞的會有獎呢？），當然還要擦好我的開運指甲啊。不過我又想，是不是可以從**捷特**的父母口中套出一些有用的資訊呢？如果我超級謹愼，他們可能會不小心跟我說**捷特**的弱點在哪裡。或許她害怕什麼東西……蜘蛛？棉花球？很長的英文單字？（這叫做 Hippopotomstrosesquippedaliophobia。**不是開玩笑的吧？？**）

噢～

可能她怕的是小丑？

哇哈哈哈
哈哈
哈
（邪惡的笑聲……）
翻白眼

我拽著書包經過廚房要走進房間時，我**媽**說，**捷特**和她家人一個小時之後就會來，所以要我在一小時之內把功課做完，然後洗洗臉、洗洗手，把這次見面當成交新朋友的機會。

拜——託！我裝上笑臉，我覺得這是我最**拿手**的——「妳說的我已經聽進去了所以拜託現在不要再跟我說話」的微笑，但是我**媽**卻說，

別那麼諷刺。所以，她其實是能讀出我的心思。

　　我真的努力試著做功課，但是沒辦法專心，因為我的腦袋忍不住一直幻想自己在隔天的**超人對抗賽**獲勝，而且會有很多好事伴隨而來，因為我是**超人冠軍！**太棒了……但是這時候，門鈴響起，**瞬間毀了一切**。

我下樓時，**汪達**正在舔**捷特**的手，**小紅**正在跟她說可以加入學生會的志工組，當然那個小組是**小紅**負責的。她們怎麼可以這樣，跟敵人站在同一邊？**叛徒!!!** 糟糕的是，我把心裡想的最後一部分不小心說出來（我不能再這樣下去了），場面變得更尷尬了。我不知道接下來怎麼辦，所以我看著**捷特**，我希望我的表情透露出「好啦，隨便，妳可以收服我的狗和我那討厭的妹妹，我無所謂。」但是，我不太確定，我的表情是不是表達出這個意思，因為**捷特**看起來有點疑惑。所以我決定照本來的計

畫走，那就是，跟**捷特**的爸媽說話，試著從他們口中套出**捷特**的弱點……

不幸的是，大約經過二十分鐘閒聊之後，我不僅沒套出來，還不小心讓他們知道**我怕果凍**，這完全不在計畫中，但是我不知道這件事對**捷特**來說，在隔天的**超人對抗賽**中會有什麼幫助。而且幸好我沒有說出來，我怕的是

柳丁果凍。

哈！

出乎意料的是，**捷特**的爸媽其實很和善，而且她們家也有寵物，基本上就是**汪達**的翻版，一隻名叫**比利鮑伯**的獵犬，這隻狗也滿好的。一切都讓我覺得，**捷特**可能也滿好的吧……不要跟瑟琳娜混在一起就很好。不過，我很快撇除這種想法，因為那對於我明天成為**無敵厲害的總冠軍**……

一點都沒有幫助。

晚餐更是尷尬，尤其因為我媽安排我跟**捷特**對坐，好讓我們可以「聊一聊」，我們確實聊了，但是只用眼神聊，而且我很肯定的是，我們兩人的眼神都在說「**明天我會打敗你，你等著看。**」我甚至不小心吞下幾朵蘑菇，因為我的眼睛忙著告訴**捷特**她明天一定會輸，忘記檢查我在吃的是什麼。我試著不要讓這個意外表現在我臉上，但是我還滿確定，這好像不太可能。

我們幾乎沒有說話（除了用眼睛之外），經過兩小時之後，終於到了跟**捷特**，還有竟然相當和善的她的家人，說再見的時間（當然是用嘴巴說）。她們得要早點走，因為**比利鮑伯**在飯後點心吃到一半時，突然發出一道任務指令。這個世界發生某種危險，**我從來沒有這麼開心過**。

她們走向門口時，**捷特**小聲說，她很高興任務指揮中心選擇了適合的超人來出這個任務，而不是某個連午餐餐盤都拿不好的糊塗蛋。所以，我當然要做出負責而成熟的舉動——對她吐舌頭。

當然，其他人都沒聽到**捷特**說了什麼，我**媽**卻看到我吐舌頭，她決定小題大作，要我跟**捷特**道歉！**我根本還沒開始！**更討厭的是，我被罵的時候，看到**捷特**在竊笑！

所以，我被爸媽叫回房間了。

回房間路上，我抱起**巴樂**。上一次我們長談之後所發生的一切事情，我想全都告訴她。**巴樂**可能會有一些很棒的建議，也可能又會吃我的作業本。總之，當我告訴**巴樂**這一切是多麼不公平，甚至連我的家人也站在**捷特**那一邊，我發誓，我聽到有人在翻白眼的聲音。我衝去找，沒錯，就是**卡波**。他不只翻白眼而已，而且還在大笑。超級沒禮貌的。

等**卡波**終於笑完，他跟我說，無論**超人對抗賽**結果如何，瑟琳娜還是會認為我是個魯蛇，因為她就是心地很壞。他說，我把他拉進這場愚蠢的超人對抗賽，讓他覺得很煩，因為他根本不想跟這件事有任何瓜葛，甚至我還跟一隻天竺鼠講話。雖然我做了這些蠢事，他還是不認為我是個魯蛇，而且他說，我自己也不需要這樣想。

卡波說，**捷特**和我這輩子都會是**超人**（不管我們想不想要），我們都會繼續拯救世界，不管誰輸誰贏。從**卡波**的角度看來，瑟琳娜才是那個喜歡製造糾紛的人，而且，我這樣氣呼呼的埋怨個不停，只會讓瑟琳娜稱心如意而已……他說，為什麼我要這麼傻，超級投入這場愚蠢的比賽，讓瑟琳娜得逞呢？

我傻嗎？喂，我想你的意思是，我是**獲勝者**吧。我終於快要成為**贏家**，但**卡波**卻說我傻？謝謝你喔！哼，我會故意做給他看，而且我就這樣說出口了……真是不敢相信，我最久、最祕密的好朋友，竟然不了解。顯然他在學校從來不是**無名小卒**，可是這是我被人喜歡的機會，沒錯，或許我還會變得很受歡迎，我不會讓卡波毀掉這個機會。

卡波咻的飛走了。我覺得很煩躁，所以我幫**巴樂**做了一個小小的龐克髮型，看起來其實很讚。我發現，原來我的天竺鼠的頭髮，還比我的頭髮好看。

然後我就去睡覺了。明天可是大日子。

9

我贏了比賽
可能啦……

隔天上學路上，**小紅**一直說**超人對抗賽**很沒道理，她真的不懂為什麼我跟**捷特**要受瑟琳娜指使、要我們比賽，巴拉巴拉講個不停。哼，**小紅**當然不懂。她什麼事情都是不費吹灰之力，就能做得很棒，而我只是想要這次表現很棒。

我和**小紅**走在通往學校的步道上，突然發現每個人都對我微笑！每個人都跟我說「嗨」！甚至祝我好運。**哇**！這一定就是受歡迎的感覺吧……

小紅翻白眼，我跟她說，她不可以翻白眼，因為翻白眼是**我的專屬**。我正要說，任何人要翻白眼必須得到我允許，而**她並沒有得到我的允許**，這時候，珍妮麥葛絲對我微笑，她可從來沒有對任何人微笑過。我眞的很喜歡每個人都對我微笑，我決定我想要更多。

我必須贏……

我走到教室時，艾茴已經在教室裡，但是她又是一副有點擔心的樣子。我跟她說不用擔心，因為今天我會贏，校園酷女孩的頭銜，最後會是我的！

艾茴說「當然」，口氣像是在說，可能會那樣、但也可能不會。然後她說，其實她在擔心**捷特**。我問她為什麼？因為，呃，是認眞的嗎？既然是我的朋友，應該要為我擔心才對啊。

艾茴跟我說，瑟琳娜整個早上都在跟**捷特**碎碎念，說她只跟獲勝者做朋友，所以**捷特**最好也必須是獲勝者。

我提醒艾茴，瑟琳娜一直都對我很壞（這部分我講得有點久），現在是我的機會，做給她和其他人看看，我才不是魯蛇。而且，或許作為我的朋友可以**更支持我**一點，而不是為我的**敵人**擔心。

艾茴指出，至少我有朋友——而**捷特**，她除了瑟琳娜和**校園風雲人物**之外，一個朋友都沒有。但我必須說，是**捷特**選擇瑟琳娜當她的朋友，所以……

我無意間看向**捷特**，她癱坐在座位上，連短髮看起來都不像平常那麼飛揚了。我突然為她難過，但是又想起，**我要專心贏**，我現在不能去擔心那些。

午餐時間，瑟琳娜宣布，最後一場**超人對抗賽**將在下午最後一次下課時舉行。大家都認為這個主意很棒，又來了，我一點也不意外。

最後這場比賽，我有點緊張，緊張到我不太確定是不是能吃得下午餐。所以我只吃了一個半烤馬鈴薯、茄汁焗豆、菜絲沙拉、青花菜、一罐優格、一些牛奶、一個蘋果和兩片燕麥酥。吃完之後，我決定嘗試幾個戰術，我很用力瞪著**捷特**，用力到我很驚訝眼睛怎麼沒有射出**雷射光**。

艾茴和茱莉注意到了（艾德沒有，因為他對他的大餅乾太有興趣了），她們問我在幹麼。我說，這不是很明顯嗎？我顯然在用心理力量壓制敵人。

艾茴問，為什麼我這麼奇怪，以前我不是想當**捷特**的小夥伴嗎？

呃，這兩天艾茴都去哪裡了？大家是哪裡不對勁啊？

我大步走出學校餐廳，**捷特**站起來擋住我的路，我有點慌亂，因為我不知道這種情況要怎麼辦。我試著抬頭挺胸，讓自己看起來好像比平常高，露出有點生氣、又無動於衷的樣子，不過這眞的很難，我不認爲自己能做到。所以，我就試著繞過**捷特**，但她往旁邊一踏，擋住我。我又試了一次，她往另一邊擋住我，接著從背後拿出一罐果凍！然後**捷特**對全校宣布（呃，對那些在餐廳裡的人），說我很怕果凍。哼，哈哈嗚哈哈，**捷特**，那是一罐草莓果凍，而我害怕的只有——這時候，**捷特**掏出一罐柳丁果凍。啊！我只能迅速逃出餐廳，可能還小小的尖叫了一下。

這是什麼東東啊……亮橘色的、ㄉㄨㄞ ㄉㄨㄞ ㄉㄨㄞ……實在是……**太噁心了！**

艾茴和茉莉在廁所裡面找到我。我跟她們說，經過剛剛的事情之後，**我一定要贏**，否則我更會被當成魯蛇！

艾茴說，我不需要在瑟琳娜舉辦的愚蠢比賽中獲勝才能證明什麼。我說，瑟琳娜又不懂，她根本不知道當一個超人是什麼滋味，大家都期待**超人**任何時候都很厲害。而且，瑟琳娜對**捷特**沒有不好，**捷特**也不必穿一件愚蠢的長披

風，每．一．天．都得穿。**沒有人**了解我，沒有人懂我的苦，**拜託妳們**全都走開，讓我自己一個人靜一靜，**好嗎？**

艾茴和茉莉看起來有點驚呆，我有個感覺是，我可能也驚呆了。我一點都**不喜歡這種感覺**。而且我並不是真的想自己一個人，但是話已經說出去，現在太遲了，艾茴和茉莉走掉了。

下午的課好像永無止盡，我沒辦法跟艾茴在導師課一起偷偷竊笑，因為我們兩個都不跟對方講話。終於下課鐘響。這次，我得要自己一個人走向操場那段長長的路，比起朋友陪我一起走，一個人走的感覺很漫長，但是我不能讓任何人看出來……我要專心贏。

瑟琳娜、**校園風雲人物**、**捷特**（舉止看起來好像她是獲勝者），全都站在牆邊。她們一看到我，瑟琳娜用手肘推推**捷特**，她們一起在那裡抖了幾下，我猜有點像果凍吧。

瑟琳娜把我叫到牆邊，開始對我滔滔不絕，說這全都是她的主意，現在要來看看到底誰才是最厲害的**超級英雄**，最後一項比賽

是看誰能先帶回土星環。我＊翻白眼＊——就連我也知道，土星環不是眞的環，其實是好幾百萬個太空中的石頭、衛星碎片、塵土等等。我看向**捷特**，她有點困惑，好像她也是這樣想。然後我看看艾茴，她在＊翻白眼＊，艾德和茉莉也是（這眞的會傳染），然後我看到**小紅**也是（她這時候翻白眼我一點也不介意），突然，我收到心電感應的訊號，就連**卡波**也在＊翻白眼＊，我大笑——**實在很鬧耶！**

超人對抗賽的決賽，瑟琳娜誇張的賽前介紹講到一半，我大笑出聲，惹毛她了。她的臉真的變成紫色，而且像一隻金魚或河豚，張嘴合嘴。我想起蘇西和**卡波**（可能還有**巴樂**）以前說過，如果放任這個世界恣意妄為的瑟琳娜們，這些

人只會造成傷害而已。我
立刻決定，我要拿回我的
力量，做出**超級英雄**從
出生以來就被訓練要做的
事，那就是……

自言自語。

可能是很久很久以前，

……不過主要是這個星期，學校的黑暗勢力聚集，剛剛推出**超人對抗賽**。我跟**捷特**好像傻瓜，捲入這場比賽，到處跑來跑去，試圖證明我們比對方更 super，證明自己是更棒的超人。但是在這團混亂當中，我們忘記**超級英雄**的第一條規定……每個人都有不同的超能力，與其使用超能力來對付其他超人，我們應該把各自的超能力結合起來，變成最厲害的力量，例如友誼、善意，還有噴射動力的**亮片炫風**。

在遙遠的銀河系……

這些黑暗勢力試圖讓我們覺得，自己一點都不厲害。但是我們必須一直記得，我們都擁有力量來決定怎麼處理他們……也許是不理他們，或者跟一些正向的力量談一談，或是提醒自己，**你絕對是最厲害的你**。

噢，還有，你一定不會相信，人生眞正的意義是……

就在這時候……

就像許多優秀的超級英雄自言自語一樣，它被一個壞蛋打斷了……瑟琳娜閉上張開的嘴巴，恢復說話能力——應該說是「尖聲吼叫」的能力，她用最大的音量吼出「開始！」。不過，同一時間，**汪達**和**比利鮑伯**出現了，指派我和**捷特**一項真正的拯救地球任務！瑟琳娜在吼叫，**汪達**和**比利鮑伯**不斷說出我們的任務內容，大家都很混亂。我看著**捷特**，她也看著我，我們都知道該怎麼做……

超人對抗賽!!!

哈哈！開玩笑的啦，我們當然是去拯救世界……我和**捷特**離開地球大氣層，還能聽到瑟琳娜在尖聲大喊……

哇哇哇哇哇哇哇哇哇哇哇哇哇哇哇！！！

噢，糟了!!!
那個麻煩的圓頭壞蛋大砲頭正要對著地球發射！……呃，發射她自己！
噢，對了!!!
只有妳們兩個超人可以阻止她，但是，要怎麼阻止呢？就由妳們來決定囉……
大砲頭跳入她的大砲時，英雄小組抵達了……
嗯……
蛤？
＊悄悄話＊

5
4
3
2
1
我們的超級英雄已經準備好了……
展開!!!
噴射!!
哇!!!
閃亮
呼嘯
雙人四掌聯合……耶！
噴射動力的亮片炫風，打敗大砲頭！
夥伴太讚了！

10

結尾的故事

沒錯。

我們再度拯救世界。

因為，這就是**超能力**的目的，

而只是我們有時候糊塗了。

回到學校時，我們**拯救世界**的消息，每個人都知道了。我不禁猜測，這可能跟**小紅**有關。她真的是有史以來最討厭的妹妹，但是有時候我也很高興，她是我的討厭妹妹。她用雙手對我比讚，所以我就＊翻白眼＊，一切就跟平常一樣。

捷特和我所做的事，每個人好像都**非常興奮**。呃，除了瑟琳娜和**校園風雲人物**。當然，風雲人物 1 號看起來很興奮，直到瑟琳娜戳她的肋骨，然後她的表情就變成有點痛苦了。甚至，由薇若蒂貝納特帶頭的體操隊，給**捷特**和我三聲歡呼。以前我從來沒有接受過歡呼，眞是受寵若驚。

誰知道呢，或許我只要做自己，就可以成為學校裡的重要人物，可能還有點受歡迎，也可能變成有點酷。我說啊，我的髮型算是酷酷的風格喔……

超人超人得第一

校園時報
拯救世界
在下課鐘響之前！！
我被自己的亮片炫風嗆得打噴嚏

噢，這個嘛，也可能不是吧。

但是，說眞的，誰在乎呢？

　　我和**捷特**真的變成朋友了。而我**媽**一直提醒我她是對的，除了這點之外，我很高興跟**捷特**成為了朋友。**任務指揮中心**甚至有時候還會派我們一起出任務。**捷特**很禮貌的拒絕了我們邀請她加入環保委員會，她加入了體操隊。也是啦，她的髮型非常適合！

No1
1
1
#1
冠軍
#1
1

我明白了，我的朋友們說的是對的。一直都是我給瑟琳娜力量，讓她為難我自己，現在應該把那個力量拿走了。

而且，要拿走它，根本不需要使出我的**爵士手／亮片炫風**——最尷尬的超能力。

結束。

薇若蒂
體操隊長
艾茴
環保委員會
傑米
拼字比賽冠軍
茉莉
環保委員會
莎拉
學生會
瑟琳娜
校園公主
校園風雲人物 1
最可愛
佛萊迪
優格迷社團
小紅
什麼都很棒

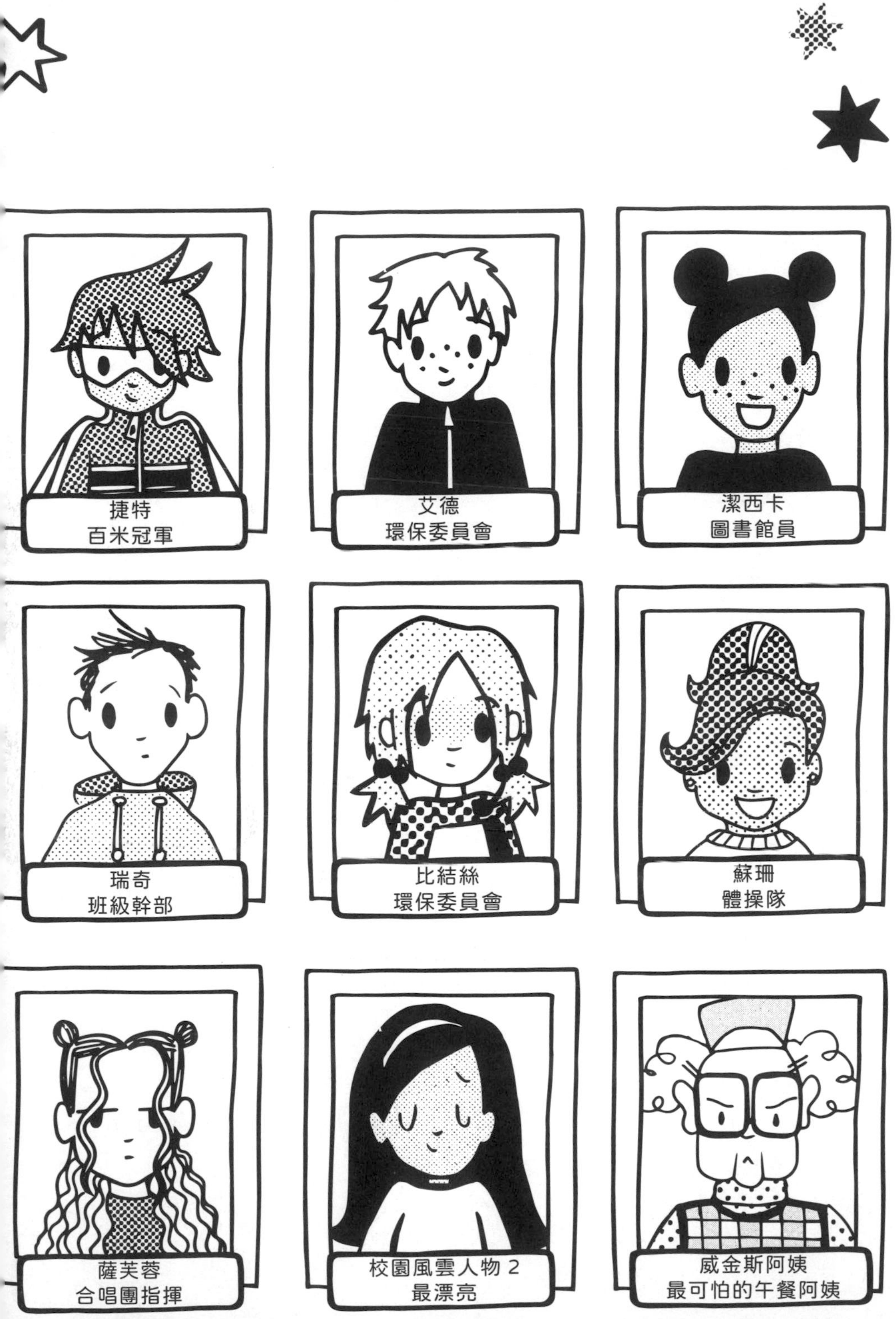

捷特
百米冠軍
艾德
環保委員會
潔西卡
圖書館員
瑞奇
班級幹部
比結絲
環保委員會
蘇珊
體操隊
薩芙蓉
合唱團指揮
校園風雲人物 2
最漂亮
威金斯阿姨
最可怕的午餐阿姨

故事 ++

超煩少女比結絲 2：新同學的威脅

作　　繪　蘇菲・翰恩（Sophy Henn）
譯　　者　周怡伶
總 編 輯　陳怡璇
副總編輯　胡儀芬
助理編輯　俞思塵
封面設計　斗宅
內頁排版　斗宅
行銷企畫　林芳如
出　　版　小木馬／木馬文化事業股份有限公司
發　　行　遠足文化事業股份有限公司（讀書共和國出版集團）
　　　　　23141 新北市新店區民權路 108-4 號 8 樓
電　　話　02-22181417
E m a i l　servic@bookrep.com.tw
傳　　真　02-86671056
郵撥帳號　19588272 木馬文化事業股份有限公司
客服專線　0800-2210-29
法律顧問　華洋法律事務所　蘇文生律師
印　　製　中原造像股份有限公司
初版一刷　2024（民 113）年 6 月
定　　價　360 元
I S B N　978-626-98585-5-2
　　　　　978-626-98585-4-5(EPUB)
　　　　　978-626-98585-3-8(PDF)

國家圖書館出版品預行編目 (CIP) 資料

超煩少女比結絲 . 2, 新同學的威脅 / 蘇菲 . 翰恩 (Sophy Henn) 作 . 繪 ; 周怡伶譯 . -- 初版 . -- 新北市 : 小木馬 , 木馬文化事業股份有限公司出版 : 遠足文化事業股份有限公司發行 , 民 113.06 208 面 ; 15x21 公分 . -- (故事 ++ ; 23)
譯自 : Pizazz vs. the new kid
ISBN 978-626-98585-5-2(平裝)
873.596　　113006400

PIZAZZ VS. THE NEW KID: Volume 2 by Sophy Henn

First published in Great Britain in 2021 by Simon & Schuster UK Ltd
1st Floor, 222 Gray's Inn Road, London WC1X 8HB
This edition arranged with Simon & Schuster UK Ltd through Bardon-Chinese Media Agency.